94713

LE JUBILÉ DES MORTS.

> Domine omnipotens....
>
> Audi nunc orationem mortuorum.
>
> (Commemoration des Mor·s.)

Lentement de minuit les douze heures sonnèrent.

Dans les airs un instant des sons vagues vibrèrent,

Puis il régna partout ce silence profond

Qui saisit l'homme au cœur, l'effraic et le confond.

Le grand dôme du ciel, dans cette nuit obscure,

Comme un manteau de plomb pesait sur la nature,

Et dans ses profondeurs le lointain roulement

D'un orage qui fuit mugissait sourdement.

Tout à coup une voix, frappant l'espace immense,

De Montmartre endormi vint troubler le silence.

Un messager de Dieu fit entendre ces mots :

« O morts! pour cette nuit sortez de vos tombeaux!

» Du pardon général l'événement s'apprête.

» De l'univers chrétien cette époque est la fête,

» Et Dieu, dans sa clémence infinie, a voulu

» Qu'un instant de bonheur aux morts fût dévolu.

» Il permet que, sortant de leur sombre demeure,

» Les parents, les amis puissent se voir une heure,

» En attendant le jour où le dernier signal

» Citera les humains devant son tribunal. »

L'ange dit, et les morts parurent le comprendre.

Dans l'enceinte funèbre un bruit se fit entendre.

On vit alors le sol, et frémir et trembler,

Et semblable à la mer sa surface onduler.

De Montmartre bientôt les cavernes s'ouvrirent,

Et du sein des tombeaux les trépassés sortirent.

Les morts que recouvrait un marbre somptueux,

Les morts sans monument, mille fois plus nombreux,

Qui, serrés côte à côte et bière contre bière,

Ne sont pas protégés par une simple pierre,

Tous, vieillards dont la vie a duré de longs ans,

Jeunes gens que la mort ravit dans leur printemps,

Jeunes mères, l'espoir, l'ornement des familles,

Enfants pris au berceau, blanches et tendres filles,

Victimes avant l'heure offertes au trépas,

Et dont les survivants ne se consolent pas,

Se levèrent ensemble. Et leur immense foule,

Comme un torrent fougueux qui serpente et qui roule,

Vers un centre commun à grands pas se hâta.

L'ange dit : C'est ici. La foule s'arrêta.

Pour la réunion, simulant une arène,

De saint Denis au loin se déroulait la plaine.

Au milieu s'élevait sur un autel sacré

De la Rédemption le signe révéré.

A l'aspect de la croix les genoux se plièrent ;

Humblement vers le sol les têtes se penchèrent,

Et tous, dans ce moment auguste et solennel,

Déposèrent leurs vœux aux pieds de l'Éternel.

Un vieillard, dès longtemps hôte du cimetière,

Leva son front au ciel et fit cette prière :

« O toi qui réunis dans ces lieux désolés

» Les enfants, les vieillards tour à tour immolés,

» Toi qui vois commencer et finir tous les âges,

» Grand Dieu! jette un regard sur nos pâles visages,

» Qu'un de tes purs rayons pénètre en nos réduits.

» En quel piteux état la mort nous a réduits !

» Aussitôt que sa faux des vivants nous sépare,

» Le monde, de pitié, de longs regrets avare,

» Nous relègue en ces lieux, domaine de la peur,

» Où dort sur nos débris l'immobile torpeur.

» Ah ! qu'il nous serait doux de revoir la lumière !

» Ah ! si tu nous rendais notre forme première,

» Que nous serions heureux de contempler encor

» Et ton ciel si brillant et ton beau soleil d'or !

» Quel plaisir de fouler les herbes embaumées,

» De respirer des bois les senteurs parfumées,

» De suivre du regard les troupeaux dans les champs,

» D'entendre des oiseaux les concerts si touchants,

» A l'hommage des cieux de joindre notre hommage,

» D'admirer à genoux l'univers ton ouvrage,

» De vivre enfin ! Mais non ; objets de ton courroux,

» Ta redoutable main s'appesantit sur nous.

» Quel mal peut égaler notre affreuse misère !

» N'as-tu donc plus pour nous les entrailles d'un père ?

» A notre lourde chaîne à tout jamais liés

» Dans tes pensers divins sommes-nous oubliés ?

» Ou quelque jour enfin, écoutant ta justice,

» Voudras-tu mettre un terme à notre long supplice ? »

— Cessez, dit l'ange alors, vos reproches amers.

» Celui qui d'un regard fait trembler l'univers,

» Qui de son bras puissant fait graviter les mondes,

» Sait que depuis longtemps, sous vos tombes profondes,

» Habitant un séjour de désolation,

» Vous attendez en paix la résurrection.

» Il conserve toujours pour vous un cœur de père,

» Et vous ne devez pas redouter sa colère.

» Fidèle à sa promesse, il saura bien un jour

» Vous montrer ses trésors de clémence et d'amour,

» Et le Dieu des chrétiens n'est pas un Dieu de haine

» Qui dans la noire tombe à jamais vous enchaîne.

» Mais vous devez subir, fermes dans votre foi,

» Des décrets éternels l'incommutable loi.

» Tout homme doit mourir! Arrêt juste et sévère

» Que Dieu lança jadis contre Adam votre père,

» Que verront s'accomplir jusqu'à la fin des temps

» Plus coupables que lui ses nombreux descendants.

» Cependant que vos cœurs s'ouvrent à l'espérance.

» Après ce long exil, ce deuil, cette souffrance,

» Dieu récompensera ses fidèles élus

» D'une félicité qui ne finira plus.

» Partageant avec lui l'éclat qui l'environne

» Vous formerez des cieux la plus belle couronne.

» Au sortir de la mort quel réveil vous attend,

» Et pour les malheureux quel triomphe éclatant!

» Là, plus d'infirmités, de douleur, de misère,

» De séparation comme sur cette terre.

» Les mères reverront leurs enfants qu'ici-bas

» L'impitoyable mort avait pris dans leurs bras.

» Le frère resté seul retrouvera son frère ;

» Les fils se presseront sur le sein de leur père.

» Les vierges recevront en ces heureux moments

» De leurs parents ravis les doux embrassements,

» Et tous, unis, perdus dans un bonheur suprême,

» Vous serez immortels ainsi que Dieu lui-même!

» En attendant ce jour inconnu, mais certain,

» Profitez des instants qu'un ordre souverain

» Vous accorde. » A ces mots, quittant leur léthargie,

Les morts sont animés d'une nouvelle vie,

Et par un phénomène inouï, merveilleux,

Sans voix peuvent parler et peuvent voir sans yeux.

Parcourant en tous sens leurs funèbres asiles,

Au milieu des tombeaux rangés en longues files,

Leur regard interroge avec anxiété

Les noms des habitants de la sombre cité.

Une mère, ô douleur! en quittant cette vie,

Avait laissé sur terre une fille chérie.

Tendre objet de ses soins, sa gloire et son amour,

Elle était, disait-on, belle comme le jour,

Et la mère, en mourant, avait cette pensée

Que du moins par sa fille elle était remplacée,

Et qu'en léguant au monde un vivant souvenir,

Le monde d'elle encor pourrait se souvenir.

Tout à coup sur le marbre un nom gravé la frappe.

Un cri de désespoir de sa poitrine échappe.

« O malheureuse enfant, quoi! ma fille est ici!

» Quoi! ma fille n'est plus! » — Ma mère, me voici,

Dit une voix. L'enfant, d'une course légère,

·Vint se précipiter dans les bras de sa mère.

Ciel! avec quels transports de joie et de douleur

La mère en soupirant la pressait sur son cœur!

« Est-ce toi que je vois, ô fille infortunée!

» A peine sur la terre et déjà condamnée!

» Toi, devant qui s'ouvrait un si bel avenir,

» Devais-tu donc à nous sitôt te réunir!

» Toi que j'avais quittée au moment où la vie

» Va bientôt par l'amour être encore embellie!

» Amenée à l'autel par l'époux de ton choix,

» Tu devais de l'hymen bientôt suivre les lois,

» Et, jouissant au moins d'un bonheur éphémère,

» Goûter ce plaisir pur que Dieu donne à la mère

» Qui voit avec orgueil ses enfants l'entourer,

» Et qui laisse après soi quelqu'un pour la pleurer.

» Dieu ne l'a pas voulu ! Pour couche nuptiale

» Ma fille, il t'a donné la pierre sépulcrale.

» Tes beaux jours sont changés en longues nuits de deuil,

» Et la couronne blanche orne ton froid cercueil !

» Qu'avais-je fait au Ciel pour que son inclémence

» Même dans le tombeau m'ôtât mon espérance !

» Était-ce donc pour toi que devait s'accomplir

» Cet oracle fatal : naître, souffrir, mourir ! »

— « Ma mère, dit l'enfant, quand je fus seule au monde,

» Longtemps je ressentis une douleur profonde.

» Toujours ton souvenir présent à mes esprits,

» Faisait mes jours sans joie et sans sommeil mes nuits.

» Combien j'aimais alors, dans ma sombre tristesse,

» Me reporter aux jours si beaux de ma jeunesse

» Où tu me prodiguais tes soins et ton amour,

» Payés, tu t'en souviens, d'un bien juste retour !

» Je cherchais près de moi ta place accoutumée,

» Et n'y retrouvant pas ma mère bien-aimée,

» J'éprouvais un chagrin que rien ne dissipait.

» Dans ma propre douleur mon cœur se complaisait.

» J'aspirais au moment où, libre de te suivre,

» Dans un monde meilleur près de toi j'irais vivre.

» Un ami cependant vint pleurer avec moi ;

» Il gagna mon estime en me parlant de toi,

» Car il t'avait connue, et, plein de ton image,

» A tes douces vertus il savait rendre hommage.

» Souvent s'associant à ma peine, à mes pleurs,

» Aux fleurs que je t'offrais il ajoutait des fleurs,

» Et tous deux nous venions, d'immortelles, de roses,

» Orner pieusement la tombe où tu reposes.

» Tiens, mère, écoute-moi : je suis morte aujourd'hui,

» Et je puis librement t'entretenir de lui.

» Eh bien! te le dirai-je, au milieu de mes larmes,

» Ses soins si délicats avaient pour moi des charmes.

» Sans t'oublier pourtant, je prévoyais qu'un jour

» Notre douce amitié ferait place à l'amour,

» Et qu'il faudrait enfin, comblant son espérance,

» Donner à cet ami ma main pour récompense.

» Déjà tout était prêt; le jour était fixé

» Où j'allais à l'autel suivre mon fiancé,

» Quand un fléau cruel, parti des bords du Gange,

> Vint frapper l'univers d'une stupeur étrange.

> Franchissant d'un seul bond les plus lointains climats,

> L'épouvante et la mort accompagnaient ses pas ;

> Il traversa l'Europe, et, dans sa course agile,

> Il eut bientôt atteint Paris, la grande ville ;

> Son haleine empestée avait corrompu l'air,

> Et la mort survenait prompte comme l'éclair.

> Qui pourrait calculer les nombreuses victimes

> Que le monstre emporta dans les sombres abîmes?

> Rien ne lui résistait. Jeunes, vieux, faibles, forts,

> Dès qu'ils étaient touchés par son souffle étaient morts,

> Et les humains tremblants, en leur terreur profonde,

> Se crurent arrivés aux derniers jours du monde.

> Chaque famille, hélas! dans ce deuil général,

> A payé son tribut à cet horrible mal.

> Le père, dérogeant à la loi naturelle,

> Dut suivre de ses fils la dépouille mortelle.

> A son époux, frappé par un sort inhumain,

> L'épouse pouvait dire : A bientôt, à demain ;

> Et Montmartre, comblant ses béantes carrières,

> Reçut le même jour des familles entières!

> O temps affreux de deuil, de désolation !

> O désastres passant l'imagination !

› Bientôt ce fut mon tour. Faible et chétive femme,

ı Je ne souffris qu'une heure, et Dieu reprit mon âme.

› J'entendis mon ami me faire ses adieux,

› Et je sentis sa main qui me fermait les yeux.

› Mais des faits accomplis depuis ce jour funeste

› Un souvenir confus est tout ce qui me reste.

› Du dehors cependant quelque sensation

› Me parvenait encor par intuition.

› Ainsi je savais bien quand mon ami fidèle

› Sur ma tombe apportait une offrande nouvelle,

› Et de venir me voir quand il manquait un jour

› Avec tressaillement j'accueillais son retour.

› Cependant tout à coup ses visites cessèrent,

› Sur mon tombeau glacé les roses se fanèrent.

› A la longue, le Temps, ce grand consolateur,

› Sans doute aura banni le chagrin de son cœur,

› Et, faisant trêve enfin à sa douleur constante,

› Mon ami de ses soins entoure une autre amante. ›

— Oh! ne le croyez pas! dit près d'elle une voix

Dont le son bien connu la charma tant de fois.

‹ Moi, vous trahir ainsi, ma douce fiancée !

› Sur une autre que vous arrêter ma pensée!

› Non, le cruel oubli n'entra pas dans mon cœur,

› Et même de la mort mon amour fut vainqueur.

› J'avais fait le serment de vous rester fidèle.

› Toujours je vous voyais aussi douce, aussi belle,

› Et comme à ces instants où, soumis à vos pieds,

› Je parlais d'avenir et que vous m'écoutiez.

› Combien j'étais heureux quand ma vive tendresse

› Pouvait de votre front dissiper la tristesse!

› Lorsque je vous perdis, quel fut mon désespoir!

› Je désirai la mort : je vécus par devoir.

› Qui donc serait venu, pauvre âme désolée,

› Parer de blanches fleurs votre humble mausolée?

› Vous savez si, longtemps mon souvenir pieux

› Près de vous accomplit ce soin religieux.

› Chaque jour revoyait ce saint pélérinage

› Où vos mânes chéris recevaient mon hommage ;

› Et si pourtant un jour, jour remarqué par vous,

› J'ai cessé de venir vous pleurer à genoux,

› Ah! votre cœur devait en comprendre la cause!

› De ce jour, chez les morts, comme vous je repose.....

› Et Dieu, daignant enfin tous deux nous réunir,

› Ne m'a plus refusé le bonheur de mourir. ›

— Pauvres et chers enfants! dit d'une voix plaintive,

La mère à ces récits tristement attentive,

‹ Je vous avais laissés si jeunes et si beaux,

› Et je vous trouve, hélas! habitants des tombeaux!

› Oh! puisqu'un Dieu puissant, quelquefois si sévère,

› Un instant vous remet dans les bras d'une mère,

› Par un mystique hymen, enfants, soyez unis.

› Dieu! daigne les bénir comme je les bénis! ›

— Oui, vous êtes bénis, dit l'ange, amants fidèles

› Vos serments sont inscrits aux pages éternelles.

› De Dieu vous recevrez, loin du mortel séjour,

‹ La récompense due à votre pur amour ;

› Et, réunis enfin dans le sein de sa gloire,

› De vos malheurs passés vous perdrez la mémoire.

› Mais l'aurore bientôt va luire au firmament.

› Du Jubilé des morts c'est le dernier moment.

› Pour un jour à venir, ô morts, je vous convie

› Au bonheur éternel de l'immortelle vie.

› Allez ; que les décrets de Dieu soient accomplis;

› Rentrez dans les tombeaux d'où vous êtes sortis. ›

L'ange dit, et les morts dans leurs tombes rentrèrent,

Et les tombes sur eux aussitôt se fermèrent.

IRREMEABILE ITER.

O vivants qui venez dans l'asile des morts
D'un ami, d'un parent, accompagner le corps,
Faites qu'une pensée aussi juste que sainte
Occupe votre esprit dans la funèbre enceinte.
Dites-vous : Tous ces morts dont les rangs si pressés
Dorment silencieux, immobiles, glacés,
Comme nous sur la terre ont marqué leur passage;
Arrivés avant nous au terme du voyage,
Ils sont venus ici, faibles, forts, jeunes, vieux,
Au rendez-vous commun rejoindre leurs aïeux.
Comme eux nous y viendrons, et la fatale porte
Ouverte à tout cercueil que le char noir apporte,
Du nombre des vivants quand nous serons exclus,
Pour nous comme pour eux ne se rouvrira plus.

ARRAS, TYP. DE Mme Ve J. DEGEORGE.